快乐魔法学校

② 完美分身术

© 2015, Magnard Jeunesse

本书简体中文版专有出版权由Magnard Jeunesse授予电子工业出版社。未经许可，不得以任何方式复制或抄袭本书的任何部分。

版权贸易合同登记号 图字：01-2023-4943

图书在版编目（CIP）数据

完美分身术 /（法）埃里克·谢伍罗著；（法）托马斯·巴阿斯绘；张泠译. --北京：电子工业出版社，2024.2
（快乐魔法学校）
ISBN 978-7-121-47223-7

Ⅰ.①完… Ⅱ.①埃… ②托… ③张… Ⅲ.①儿童故事-法国-现代 Ⅳ.①I565.85

中国国家版本馆CIP数据核字（2024）第035833号

责任编辑：朱思霖 文字编辑：耿春波
印　　刷：北京瑞禾彩色印刷有限公司
装　　订：北京瑞禾彩色印刷有限公司
出版发行：电子工业出版社
　　　　　北京市海淀区万寿路173信箱　邮编：100036
开　　本：889×1194　1/32　印张：13.5　字数：181.80千字
版　　次：2024年2月第1版
印　　次：2024年2月第1次印刷
定　　价：138.00元（全9册）

凡所购买电子工业出版社图书有缺损问题，请向购买书店调换。
若书店售缺，请与本社发行部联系，联系及邮购电话：(010) 88254888，88258888。
质量投诉请发邮件至 zlts@phei.com.cn，盗版侵权举报请发邮件至 dbqq@phei.com.cn。
本书咨询联系方式：(010) 88254161 转1868，gengchb@phei.com.cn。

[法]埃里克·谢伍罗 著 [法]托马斯·巴阿斯 绘 张泠 译

快乐魔法学校

② 完美分身术

电子工业出版社
Publishing House of Electronics Industry
北京·BEIJING

目录

第一回 糟糕的一天 5

第二回 摩尔迪古斯二号 13

第三回 完美分身 19

第四回 小学生优秀代表 25

第五回 书包里的间谍 33

第六回 摩尔迪古斯二号,再见! 41

第 一 回
糟糕的一天

今天,我在学校里面简直一团糟!早上第一节课,班主任赛比雅老师提问我变形咒,昨晚她让我们回家复习来着:"摩尔迪古斯,你给大家说说怎么变成老鼠。"

我昨晚光顾着玩游戏，毕竟巫师大战魔术师比复习功课好玩多了。所以，当我被问到功课，我支支吾吾什么都答不上来。马克西姆斯举手替我回答："吱吱吱，吱吱吱，我变老鼠不稀奇，吱吱吱，吱吱吱，小老鼠悄悄看着你。"

他的回答当然完美无缺。

马克西姆斯是新转来的。他什么都很完美：考试他总是考满分，上课他总是特别认真，就连他的发型都是完美的。自从转到我们学校，他就占尽了风头，实在是让人恼火！

课间到了，男孩子们都围到他身边争着问："马克西姆斯，你要跟我们一起玩吗？"

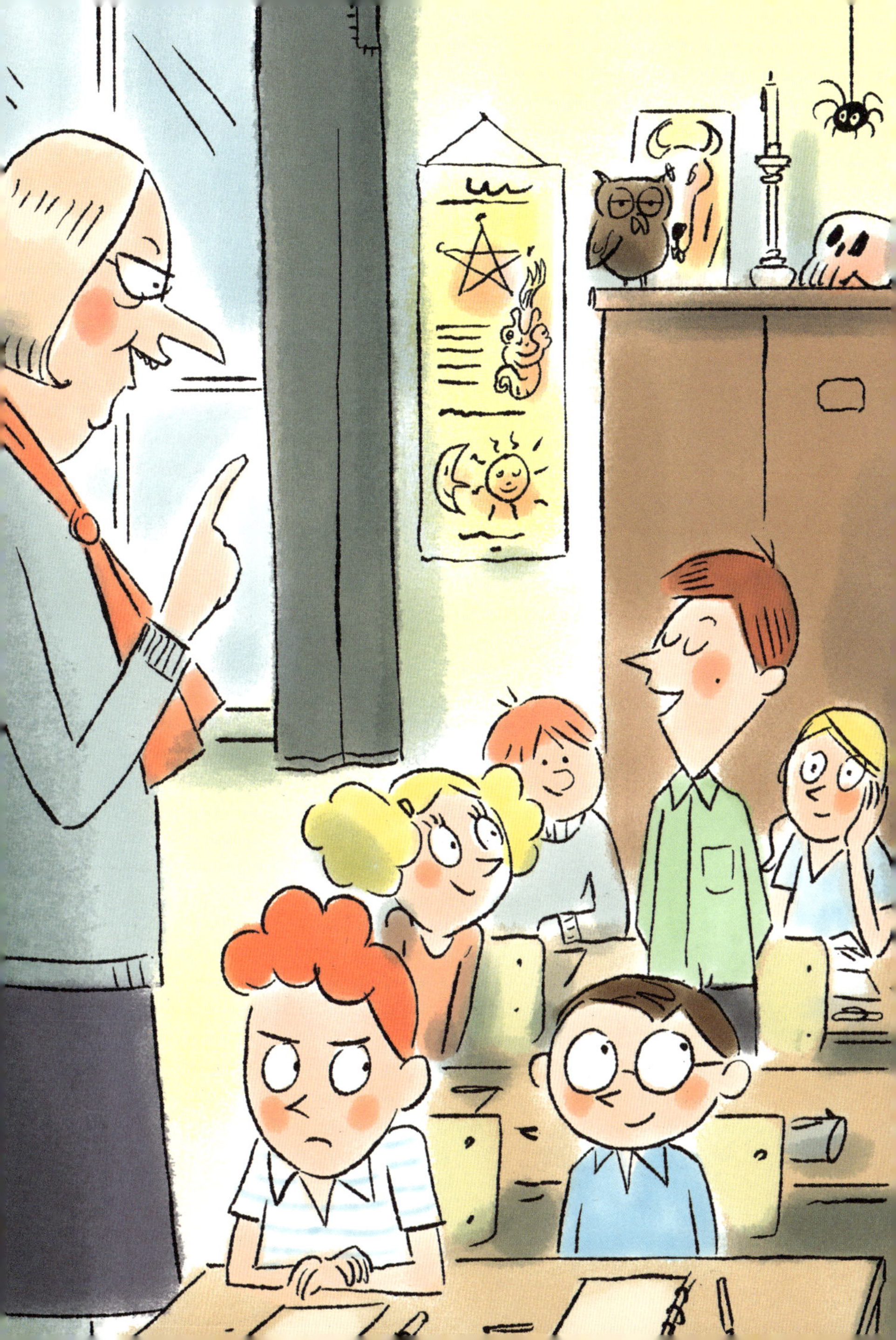

大家开始玩魔力球,玩这个游戏要先分伙儿。摩图斯在选人的时候,竟然第一个选了马克西姆斯。摩图斯是我最好的朋友,以前我都是他的第一人选。但自从马克西姆斯出现,我就好像降级成了他的第二好朋友!

这真让我难以接受,虽然我确实不擅长这个游戏,而马克西姆斯就像天生的玩家一样。

课间结束的时候,我走到摩图斯身边,问他:"明天你来我家玩吗?"

星期三下午我们不上学,摩图斯经常来我家跟我一起玩。

"你忘了吗?明天是马克西姆斯的生日……"

我还真把这个事儿忘得一干二净。马克西姆斯邀请全班去参加他的生日会。大家都等不及了,除了我……

"你不能来参加我的生日会吗?"马克西姆斯问我。

"呃……抱歉,我去不了。我的爸爸妈妈不让我出门,因为我考试没考好。"

这其实是我的借口,我就是不想去参加他的生日会。

放学回到家做作业的时候,我怎么都不能集中精力,因为我十分生气。

阿尔诺——我的宠物癞蛤蟆，问我怎么了。我给它讲述了我一天的遭遇。当然，我并不能指望它能帮我什么忙。

"你是不是，呱，妒忌他呱？"

"妒忌他？我吗？噗，真有意思！"

为了平复愤怒，我跟我的癞蛤蟆打了一整晚巫师大战魔术师游戏。

阿尔诺不出意外地又一次战胜了我，这让我更沮丧了。

我下楼到了客厅，妈妈还没回来。最近一段时间，妈妈在电视台录《巫师的厨房》，每天她都要忙到很晚才回来。

爸爸正在客厅里看一部老电影，应该讲的是一个疯狂科学家发明了一种神奇药水的事儿，他一喝这种神奇药水，就可以分身，变出另一个自己来。

这给了我一些灵感……

第 二 回
摩尔迪古斯二号

午夜钟声响,作案最佳时!吱呀一声,我房间的门慢慢开了。

我后背贴着墙,蹑手蹑脚地来到走廊。为了不发出声音,我小心翼翼地绕开所有障碍物:扶手椅、茶几、猫窝……萨卡普斯——我家的老黑猫,"喵喵"叫了几声,它特别不喜欢睡觉的时候被打扰。

书房

魔法史

占卜术

神秘炼金术

终于,我来到了爸爸的书房门前。我小声地念出咒语"芝麻开门",门真的应声打开,我一脚迈进了这个平时不允许我进入的圣地。说实话,我爸爸真不是个有创意的人,像他这样设计密码的巫师可不多见。

爸爸是巫师兼解魔师,最近在他紧张繁忙的工作之余,又决定要写一本关于巫术历史的书。

书架上整齐地摆放着成百上千册大部头书籍。好在每个架子都贴着标签:魔法史、占卜术、神秘炼金术……我坐在梯凳上一排一排地搜过去。突然,在一本书中,一个标题吸引了我的目光:"分身术——创造梦想中那个完美的你"。

太棒啦！我赶紧翻到正文看了看配料表，我非常确定所有的配料厨房里都有……

第二天，我躲在房间里，开始实施我的计划。

我房间门后有一面大镜子。我站在镜子前，一手拿着魔法书，书翻到分身术的那页，另一只手捏着一撮我早上刚刚配制的药粉。摆好架势之后，我一边念刚背下来的咒语，一边撒药粉，一半撒在我自己头上，另一半撒向镜子里的我。

一股黑烟瞬间腾起,把我呛得直咳嗽。当满屋子的黑烟散去,镜子里那个我,一动不动,愣愣地盯着我。哎,没成功!啊,等等……

我手里还拿着爸爸的那本魔法书,而镜子里的那个我,手里是空空的……

我把魔法书放到地上,镜子里的我一动不动。我冲着镜子做鬼脸,镜子里的我没什么反应。怎么没反应呢……

突然,镜子里的我抬腿迈步,跨出了镜子!

"你好,摩尔迪古斯!"摩尔迪古斯二号说话了。

第三回
完美分身

我简直不敢相信自己的眼睛。配方真的好用：眼前这个我，就是我的完美分身！

我得赶紧考考他："你的爸爸妈妈都叫什么名字？"

"我的爸爸叫赛普迪姆斯，我的妈妈叫奥克塔维雅。"

"那你的班主任是谁？"

"赛比雅老师。"

"你最好的朋友是谁？"

"摩图斯。"

太令人难以置信啦！我的分身好像对我的情况了如指掌。除了跟我长得一样，说话声音一样，他还拥有我的记忆。不行，为了保险起见，我还得再做一个测试："听着，现在你需要……"

摩尔迪古斯二号认真地听完我的话，然后径直向客厅走去。阿尔诺正在沙发上打盹儿。我躲在门后，听到摩尔迪古斯对阿尔诺说："来一局啊！巫师大战魔术师，来不来？"

呼！

阿尔诺大声地打着哈欠："好呱，要是你想玩，我就奉陪，呱。不过你知道，你这个手下败将是打不过我的，呱！"

太惊人了，阿尔诺竟然什么都没察觉到！

只见他们两个开始激战起来。

往常，我从来没有赢过阿尔诺，它玩这个游戏太厉害了。

然而，这一次，我听到阿尔诺都要把嗓子喊破了，摩尔迪古斯二号连续两局战胜了它，而且赢得很轻松！

"你今天，呱，很奇怪，呱……"

因为打不赢，阿尔诺耍赖不玩了，它要继续睡它的大觉。

我踮着脚尖回到房间，摩尔迪古斯二号也跟了进来。

这下我可以安心给他布置工作啦……明天，我们有一个巫术史的写作测试。这种测试我从来都考不过！但要是摩尔迪古斯二号真的像我梦想中那么完美，他不就能替我完成测试了吗？我得让他好好复习复习。

我让我的分身坐在书桌前，把所有的书都搬过来堆在他眼前。我的分身全神贯注地复习起来。而我则悠闲地躺在床上看起了漫画。

第 四 回
小学生优秀代表

第二天早上,一切进行得天衣无缝。摩尔迪古斯二号替我去上学。我藏在衣柜里等到所有人都出了门,才出来吃早饭。

然后,我跟阿尔诺打了几局游戏,结果我都输了,阿尔诺很开心。

我还把我分身的事情告诉了它,它说:"你,呱,你肯定会,呱,惹麻烦,呱!"

可怜的摩尔迪古斯二号,他此时应该正在学校做历史测试题。但是我一点儿也不担心他被认出来。昨天晚上,爸爸都没发现我们的任何破绽。早上摩尔迪古斯二号出门的时候,我对他信心十足地说:"我相信你是最棒的!"

下午我过得没那么有趣：爸爸提前回来，我不得不躲在衣柜里度过一下午的时光。其实在衣柜里待到一个小时的时候，我就已经无聊得透顶，差点儿熬不住了。

摩尔迪古斯二号终于放学回到了家，一见到他，我就迫不及待地问："测试怎么样？"

"我是最棒的。"他简单地回答我。

"课间怎么样？"

"我是最棒的。"他重复了刚才的回答。

很明显,一切非常顺利。我的计划成功啦。我把摩尔迪古斯二号关进了衣柜,他对此毫无怨言,多么听话又聪明的分身啊!

我想了解一下摩图斯的消息。于是我集中意念想他的名字去拨通他的脑电波电话,但奇怪的是电话响了好多声,他都没有接。

我担心起来:他是不是看出了摩尔迪古斯二号的破绽?虽然爸爸妈妈都没有察觉,但是说不定摩图斯……

最后摩图斯终于接电话了,但是他听起来非常不开心。

"你干吗给我打电话?"

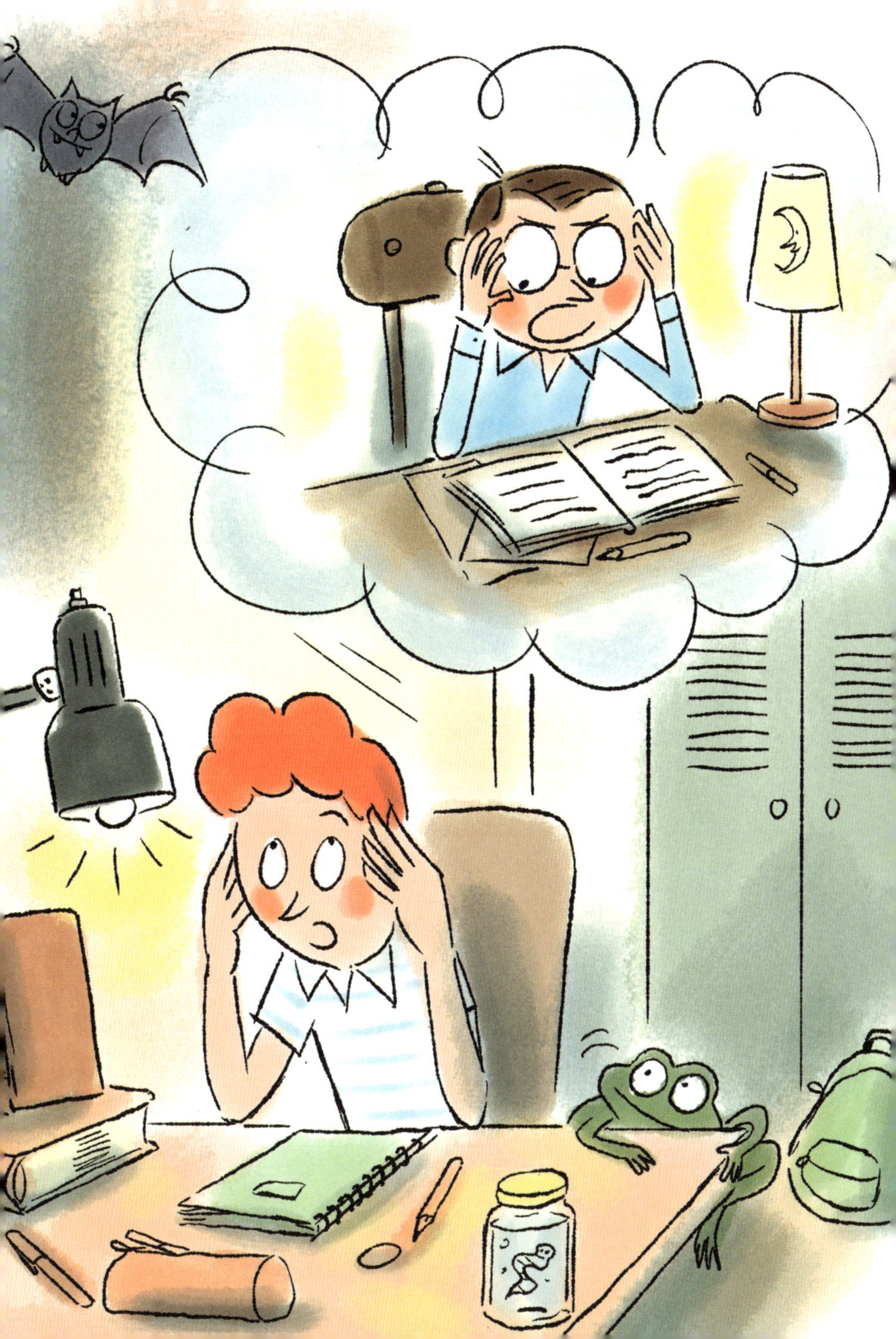

"嗯……就是想知道你今天过得怎么样。"

"我们不是一直在一起吗?"

哎呀,我差点儿忘了,我今天其实是在学校出现过的。

"呃……我其实是想问问马克西姆斯的生日会过得怎么样。"

"你问这个干吗?你现在对这个感兴趣啦?"摩图斯抱怨道,"课间你怎么不问!"

摩图斯真的生气了。

"明天放学你来我家玩啊?"

"不去!我再也不想跟你说话了!"

摩图斯咔嚓一下挂断了电话。他怎么这么生气呢?

一波未平一波又起，爸爸也生气了："你班主任刚刚给我打电话，让我明天去学校一趟。今天学校里发生什么事儿啦？"

我耸耸肩。我又没上学，我怎么知道呢？

第 五 回
书包里的间谍

这一切突然让我担心起来。摩尔迪古斯二号到底做了什么,让摩图斯和班主任赛比雅老师如此愤怒?我必须得搞清楚。但是不能让两个摩尔迪古斯同时出现在学校里,我只能悄悄地观察我的分身。怎么办呢?对了,我可以变成小老鼠。

对，就这么干……我真聪明……

第二天，摩尔迪古斯二号上学之前，我念起了变形咒，我能记住咒语还真得感谢马克西姆斯："吱吱吱，吱吱吱，我变老鼠不稀奇，吱吱吱，吱吱吱，小老鼠悄悄看着你。"

摩尔迪古斯二号再一次代替我踏上去学校的路途……只是他不知道一个尖嘴巴、长胡须的小间谍已经偷偷溜进了他的书包。

刚一进学校，我的分身就把书包扔到一边加入一场魔力球游戏中。

"给我，给我，这里！"他大声喊别人给他传球。

魔法学校

魔力球的基本规则是不能使用手和脚，大家只能用意念传球。没有人愿意把球传给我的分身，尤其是摩图斯。

"我们不带你玩！"摩图斯叫道。

此时此刻，魔力球正飘浮在摩图斯的头顶上，摩图斯正要投篮。

突然,让摩图斯大惊失色的是,魔力球开始向摩尔迪古斯二号移动过去,然后被摩尔迪古斯二号直接投进了篮筐。我的分身竟然在这么远的距离命中一记!简直不可思议!

只听摩尔迪古斯二号得意地狂叫:"我是最棒的!我是最棒的!"

离谱的是,他拒绝传球,只顾着自己拼命投篮,一个接一个。

"我是最棒的!"每投中一次,他都要狂叫。

他不仅毫无顾忌地大秀意念力,还戏弄大家,让球在每个人头上蹦过去。他可能觉得这很有趣,但是大家都感觉受到了羞辱,纷纷离开了球场。

上课的时候,我的分身也一样令人难以忍受。赛比雅老师向全班提问题:"是谁发现了新世界的第四帝国?"

"克里斯多勒·古勒姆斯!"我的分身大声抢答。

"摩尔迪古斯,我昨天已经跟你说过了,不要抢着说出答案来!我让你说你再说。下一题,谁能告诉我,内嵌降落伞型魔法扫帚是哪一年发明出来的?"

"21世纪16695年!"我的分身根本不在乎老师的嘱咐,又抢答了。

"摩尔迪古斯!我刚跟你说什么啦!啊!"

但是,无论怎样都无法阻止摩尔迪古斯二号疯狂地答题。马克西姆斯都抢不过他。班主任假装看不到我的分身,这样也不行,一整天大家的耳朵里面都是我分身的嚷嚷声。班主任已经快要崩溃了。

我看到这样的场景,也惊呆了,原来我的分身竟然是个烦人精!

第 六 回
摩尔迪古斯二号,再见!

下午课间的时候,我再也忍不住了。我念了还原咒变回人形。

然后我奔向操场,角落里,小伙伴们聚在一起好像在密谋什么。

他们一看到我就停止了讨论。

"你走开!"摩图斯说,"我们不想跟你玩!"

我什么都没说，抬起手指了指正在魔力球球场疯狂投球的我的分身。

小伙伴们无法相信自己的眼睛：竟然有两个摩尔迪古斯！摩图斯沉默了。

"你们听我解释……"

随后，我给大家讲述了为了打败马克西姆斯我怎样造出了我的分身。

"嗯，不管怎么说，你还是成功了！"摩图斯的评论很客观。

"可以这么说,只是他实在太令人难以忍受了。他无所不知,无所不能啊!你们快帮我把他除掉吧!"

看到我是诚心诚意的,摩图斯和马克西姆斯终于同意帮我,马克西姆斯也并没有因为我对他的嫉妒而怪我。

放学后,他们陪着摩尔迪古斯二号回到了我的家。我当然是又变成了小老鼠跟回来的。一到家,我就变回我自己。

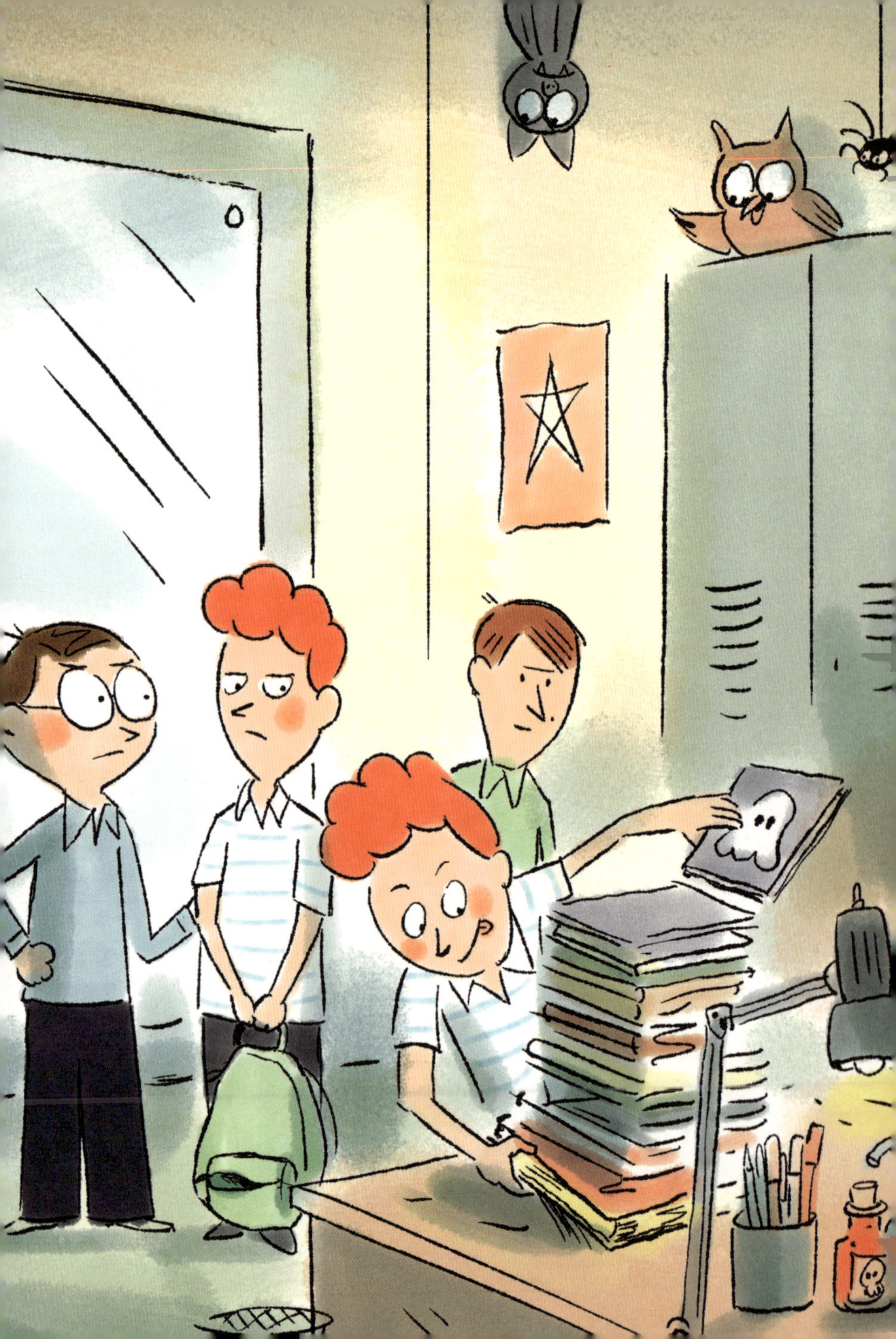

魔法书就放在我的书桌上，不过压在一堆漫画书底下。我费劲儿地把它抽出来，悄悄地翻到"如何让分身消失"这一页。这一步不需要药粉，反向咒也很容易。我定了定神儿，默默地开始念反向咒，念着念着，我房间的镜子开始发生变化，镜面变得越来越模糊，还现出一圈一圈的漩涡，好像我们扔石子到沼泽里面击起的涟漪一样。

现在只需要让摩尔迪古斯二号走进镜子里面就可以啦。但是我的分身好像不想消失。他踮起脚尖想溜出我的房间……

我赶紧大叫："抓住他，别让他跑了！"

说时迟，那时快，我们三个风一样扑向他。他奋力挣扎，最终敌不过，被摩图斯和马克西姆斯一边一个架着胳膊控制住了。

突然,摩尔迪古斯二号大叫起来:"你们放开我,兄弟们!你们搞错了,是我啊,我才是真的摩尔迪古斯。他才是假的!"

"什么?我是真的摩尔迪古斯!你们难道不相信我吗?"

但是,摩图斯和马克西姆斯确实开始怀疑起来。

要是他俩被骗,那我可就完了!

"那就让咱们来看看谁是真的,谁是假的……"马克西姆斯兴致盎然起来,"长生不老药是哪一年发明的?"

我当然不知道,是摩尔迪古斯二号替我复习的啊!摩图斯和马克西姆斯对此很清楚。只见我的分身想抬起手捂住自己的嘴巴,但是摩图斯和马克西姆斯牢牢地抓着他的胳膊。摩尔迪古斯二号紧紧咬住自己的嘴唇不让答案脱口而出。

"是谁画了《带着黑猫的女巫师》?"马克西姆斯继续发问。

摩尔迪古斯二号还是拼命地咬住嘴唇,看得出他已经憋到极限了,但是马克西姆斯的问题一个接一个。

"可伸缩魔法棒的发明者是哪国人?"

摩尔迪古斯二号终于忍不住,他脱口而出:"16432年,莱昂纳多斯,意大利人。我是最棒的!"

摩图斯和马克西姆斯一下子就明白了,他俩迅速交换了一下眼神,猛地把摩尔迪古斯二号推到了镜子里。呼!噩梦终于结束了。

"你可能不是最棒的,但是,"摩图斯半开玩笑地说,"你是我们最好的朋友,绝对没错……"